푸른사상
시선

67

마네킹도 옷을 갈아입는다

정 대 호 시집

푸른사상 시선 67

마네킹도 옷을 갈아입는다

인쇄 · 2016년 6월 23일 | 발행 · 2016년 6월 28일

지은이 · 정대호
펴낸이 · 한봉숙
펴낸곳 · 푸른사상
주간 · 맹문재 | 편집 · 지순이 | 교정 · 김수란

등록 · 1999년 7월 8일 제2-2876호
주소 · 경기도 파주시 회동길 337-16(서패동)
대표전화 · 031) 955-9111(2) | 팩시밀리 · 031) 955-9114
이메일 · prun21c@hanmail.net / prunsasang@naver.com
홈페이지 · http://www.prun21c.com

ⓒ 정대호, 2016

ISBN 979-11-308-0738-6 04810
ISBN 978-89-5640-765-4 04810 (세트)

값 8,000원

마네킹도 옷을 갈아입는다

한때는 하는 일 없이 빈둥거리며 한 시대를 조롱하며 살고 싶었다. 나를 조롱하고 세상을 비웃으며 희희낙락 살고 싶었다. 그러나 나는 용기가 없어서 밥 빌어먹는 일터를 버리지 못했다. 나와 가족들의 목줄이 달린 달랑거리는 그 끈을 끊어버릴 용기가 없었다. 아이들의 까만 눈동자가 아른거렸다. 또한 나는 한 시대를 조롱할 능력을 갖추지 못했다. 세상을 읽어낼 만한 눈을 갖추지 못했다. 세상을 놀려먹기에는 두루 알 수 있는 능력이 부족했고 두루 꿰뚫어 볼 수 있는 눈을 갖추지 못했다. 때로는 어설픈 방관자로 희희낙락까지는 못 가고 적당히 희·락거리다가 옆 눈치나 보기도 하고 때로는 만용을 내어 어설픈 시대의 검객인 양 칼을 휘둘러보기도 했다. 그것도 부끄러우면 세상에서 발을 빼고 한 발쯤 물러나려 했다. 세상과 단절되어 신문도 없고 라디오나 텔레비전도 없는 곳에 있어도 보았다. 마음이 그렇게 편할 수 없었다. 그러나 그렇게만 살 수 없는 것이 또한 삶이더라. 나는 조그만 텃밭이 하나 있다. 그곳에 가면 그렇게 마음이 편할 수 없다. 삽으로 땅을 파며 땀을 흘리고 있으면 나만의 세계에 몰입할 수가 있다. 나물 몇 포기가 자라는 것을 한참 동안 바라보기만 하다가 집으로 오는 경우도 있다. 일상에서 스스로 감정을 조절할 수가 없으면 밭으로 간다. 3부의 시편들은 부모님들에 관한 것이다. 두 분 모두 이제 만날 수가 없다. 특히 어머니와의 은밀한 대화는 남들에게 보이기 싫었다. 글을 쓴 지 10년이 넘었지만 남들에게 보이지 아니한 것들이 대다수다. 그러나 달리 생각해보면 이것들도 하나의 집착에 불과하다. 이제 떠나보낼 때가 되었다.

2016년
정대호

| 차례 |

■ 시인의 말

제1부

제2부

제3부

제4부

| 차례 |

제1부

금수산 정방사에서

산꼭대기 바위 아래
제비집 같은 절 마당에서
멀리 바라보면
월악산 주흘산 조령산 같은
백두대간 크나큰 산들이 올망졸망.
봉봉들을 발끝으로 뛰어보면
팔짝팔짝 징검다리 디딜 것 같은데.

산 밑으로 다가가 한 발짝씩 오를 거라 생각하면
눈앞을 가로막는 거대한 봉우리들

부처님은 대웅전에 앉아 문 열고
벼랑에 붙어 앉아
속세의 저 봉우리 같은 크나큰 번뇌를
스쳐가는 귀여운 까탈 하나라고 깨달았을까.

지나온 50년이 넘는 세상살이에
때로는 아버지와 눈을 부라리며 싸웠던 것들도

어찌 보면 저 귀여운 봉우리들처럼

지금 보면 산 아래

많고 많은 아버지와 아들 사이에 있었던 다툼의 하나.

아내와 같이 산 25년의 시간

아내가 울고불고

때로는 집을 나가 방황하게 했던 것도

어찌 보면 저 귀여운 봉우리들처럼

지금 보면 산 아래

많고 많은 남편과 아내가 다투었던 것들의 하나.

앞으로 살아가다 만나는

넘을 수 없다고 생각되는

절벽 같은 일들이나

넘어서기에는 매우 고단해 보이는

저 산봉우리 같은 일들에도

대웅전에 앉아 크나큰 산들을 올망졸망

지긋이 묵상하는 부처님처럼
바위 벼랑에 삶의 집 틀어놓고
여기서 바라보는 저 봉우리들처럼
가볍게 뛸 수 있는 귀여운 일들로
볼 수 있는 마음의 여유나 있었으면.

그 어린 고라니의 까만 눈 때문에

고추밭을 돌아보는데
찢어진 망 안으로 손을 넣어
누군가 고춧잎을 뜯어 먹었다.
감나무 밑을 지나니
귀는 쫑긋 두 다리는 껑충
고라니 한 마리가 '미안하이' 하듯이
제가 먼저 밭머리로 달아난다.

그 감나무 아래는 누런 개보리가 어지럽게 누웠다.
그 옆 식혜덩굴 덮인 찢어진 가지 아래
새끼 고라니 한 마리 꼼짝 않는다.
머리는 앞다리에 박고 귀는 뒤로 눕힌 채
내가 움직이는 대로 눈물 어린 까만 눈만 굴린다.

작은 흙덩이를 던져보아도 꼼짝 않는다.
그 어미 소행을 보아 그냥 둘 수 없지만

올봄 내가 심은 고추 모종을 두 번이나 뜯어먹어 버린 것.
오이 모종, 가지 모종을 처참하게 뿌리까지 뽑아 버린 것.

망을 친 밭 안에 다시 망을 치게 한 것.

그래도 그 까만 눈동자가 너무 맑아
다음 날 그 눈동자가 보고 싶어 문안 갔다.
이번에도 어제 자세 그대로 꼼짝 않는다.
두 귀만은 바짝 세우고 내가 움직이는 대로 향한다.
고개도 들지 못한다.

며칠 뒤에 다시 갔더니 벌써 마실 갔었다.
제 보금자리로 돌아가지 못하고
밭가를 맴맴 돌면서 뿌시럭거린다.
히이잉 헛기침도 해본다.

첫날 본
물 묻은 그 까만 눈동자가
너무 맑아서
그 까만 눈동자가 너무 맑아서
하던 일 그냥 두고
나는 그만 집으로 발길을 돌린다.

백록 그 집

남지장사에서 산을 올라
백록마을로 내려오는데
산 밑 소나무 아래 평상 위
스스로 타서 마시는 백록 찻집.

솔향기 가득한 자연에서 따스한
차 한 잔의 미각을 느껴보세요.

필독

1. 가스 사용 후 점검 꼭 하시기 바랍니다.(잠금)
2. 여기 물건 가져가시면 소나무가 웃어요.
3. 차 이외 취사 금지.
4. 하산하실 때 꼭 정리정돈해주세요.
상기 내용은 안전과 다음 오시는
분의 편의를 위하여 꼭 지켜주시고
즐거운 산행 보람되고 유익한
하루가 되시길
백록 그 집에서 함께합니다.

우록 등산로

차 재료 함
나무 상자 안에는
종이컵
커피믹스
전기포트

종이돈을 넣어두고
소나무 아래 커피 향을 두루 나누다

아내에게 사준 멋진 생일 선물

늦은 가을 쌀쌀한 새벽 1시
퇴근하여 집으로 가는데
아하, 오늘은 아내의 생일
혹시나 하고 칠성시장에 가보았다.
모든 가게는 닫혀 있는데
노점상 하나
과일만 몇 무더기 놓여 있다.
박스를 깔고, 이불을 덮고, 자는 사람 있어
여보세요, 과일 좀 파세요.
앞니가 빠져 흐물흐물, 주름살이 쪼글쪼글
부스스 눈 비비는 할아버지

단잠을 깨워 죄송합니다.
　아니시더, 하나라도 더 팔려고 있는걸요.
할아버지, 집에 가서 주무시지요 날씨도 찬데.
　집에 가나 여기 자나 매 한가진걸요.
찬 이슬이 건강에 해로우실 텐데요.
　한 푼이라도 더 벌어야지.

사과, 배, 감, 귤 골고루 한 무더기씩 집었다.

앞니 빠진 입술이 주름살 속에서 웃고 있었다.

배 한 개 귤 몇 개를 더 집어준다.

현관문을 열자 아내가 지 생일도 모른다고 삐쭉한다.

과일 보따리를 식탁 위로 슬며시 밀어놓았다.

집에 있는 것 또 사 왔다고 토라진다.

그 모습 위로

할아버지의 비죽이 웃고 있는 모습이 겹쳐서

내 마음은 마냥 웃고 있었다.

아내에게 사준 멋진 생일 선물 같아서

지상의 아름다운 소망 4

인동꽃은 하얀 꽃과 노란 꽃으로 핀다.
겨울 추위에도 푸른 잎으로
제 목숨을 견뎌온
투박한 그 줄기에서
하얀 꽃과 노란 꽃을 지천으로 피운다.

자신을 드러내지 않고
무릎 꿇지 않고 사는 법이
겨울 인동잎과 그 줄기에 있다.
어디 있어도 눈에 띄지 않고
제멋대로 놓여도
어느 줄기에서도 뿌리 내릴 줄 안다.

그리고 때가 되면 제멋대로 꽃을 피운다.
하얀색이든 노란색이든

그 빛깔의 향기는 코가 맑은 사람만이 안다.
투명한 향기가
어디에도 있고 어디에도 없다.

지상의 아름다운 소망 5

텔레비전에 나온 승호 어머니.

희귀 질병을 앓고 있는
여섯 살 승호는
말도 못 하고
서지도 앉지도 못한단다.
베개에 기대어 앉혀놓으니
옆으로 앞으로 자꾸만 무너진다.
그래도 승호와 함께할 수 있어
얼굴은 마냥 행복한 표정.

병원에서 정기검진 받고
의사 면담을 기다리며
마음속 간절히 두 손을 잡고
몸 상태가 더 나빠졌다는 말만은 없기를

승호를 얼러 안고 약 먹이고 목욕해주며
올 한 해가 또 가기 전
엄마라는 말, 한 번이라도 들어보고 싶단다.

지상의 아름다운 소망 6

크리스마스 선물로 민성이가 받고 싶은 가장 멋진 건
올해는 아빠랑 할머니랑 한 자리 모여
케이크에 촛불 꽂고
불 끄고 함께 불어보는 것.

할머니와 함께 사는 민성이는 일곱 살
4년 전 세 살 때
돈이 없다고 이혼하여 떠난 어머니
다시는 오지 않아 얼굴조차 모른다.

1년에 한두 번 들르는 아버지
오늘 밤엔 아빠가 꼭 오실 거예요.
산타 할아버지는 착한 아이의 소원은 들어주신대요.
작년 크리스마스 전날에도 똑같은 소원을 빌며 잠들었지만
아빠는 돌아오지 않아 해가 저물도록 울었어요.
울다가 지쳐 눈이 부어 잠들었을 때
할머니가 등을 두드리며 말씀하셨어요.
산타 할아버지는 착한 아이의 소원은 반드시 들어주신다고
민성이는 할머니의 말씀을 안 들어 아빠가 오지 않았다고
다시 1년을 기도하며

올해는 반찬 투정 없이 밥 잘 먹고 할머니 일도 거들었단다.

할머니, 다리가 아파
식당 일도 못 나가 집에 있지만
그래도 할머니가 집에 있어
아침, 저녁
밥 함께 먹을 수 있어 마냥 좋다는 민성이
유치원이 끝나고 집으로 오면
친구들의 엄마 아빠 이야기에 상처받는다고
놀이터에서 혼자 놀아야 한다고 말하는 할머니.

민성이의 꿈은
올 크리스마스는 놀이터에서
아빠와 함께 야구공도 던져보고 싶어요.
좁은 단칸방이지만
민성이의 소망은
세 식구가 함께 모여
크리스마스라고 케이크를 사서 촛불 꽂고
불 끄고 함께 불어보는 것
몸 부비며 나란히 잠자보는 것

채소밭에서

채소밭에 쪼그리고 앉아
상추와 배추를 뽑는다.
먼저 뽑는 기준은
조금 더 자랐고 조금 더 튼튼해 보이는 것이다.

조금 더 무성해 보이는 놈은
조금 더 욕심이 많은 것 같고
옆에 있는 것들에서 물 한 방울이라도
더 빼앗아 먹은 것 같고
제 혼자만 잘난 체 으스대는 것 같고.

그놈을 뽑아야
바로 옆에 기 한번 펴지 못하고
파리하게 비실거리는 것도
다음에는 조금 더 튼튼하게 자랄 것 같고
잘난 놈 그늘에 고개 한번 내밀지 못하던 것들도
가슴 펴고 당당하게 바로 설 것 같고
바로 서서 제 말도 떳떳하게 해볼 것 같고

상추는 상추끼리 배추는 배추끼리

끼리끼리 잘 어울릴 것 같고

잘 어울려 재미나게 살 것 같고..

배추밭에 쪼그리고 앉아

배추벌레를 잡고 있노라니

마음 한구석에서
그까짓 벌레 얼마나 먹겠어.
더 큰 두 발 벌레가 문제지.
벌레도 먹고 나도 먹고
같이 나누면 되지.

장갑 끼고 안경 끼고
꼬챙이로 벌레를 집어내고 앉았노라면

마음 한구석에서
사내 자식이 뭘 그리 쪼잔하냐며
분무기 들고 농약 사서 퍽퍽 쳐버리지.
깔끔하게 벌레들을 씨 말릴 수도 있는데.

그래도 사람 먹는 건데
농약을 어찌 치냐며

벌레하고 나누어 먹고
의좋게 나누어 먹고
하는데.

지나가던 노루 한 마리
내 마음속에 걸어와
이봐, 사람 못 먹는 것도 있냐?
사람 못 먹으면 노루도 안 먹지.
굳이 사람 못 먹는 것도
있냐? 있냐? 있냔다.
햐아, 사람 못 먹는 것도 있냔다.
지 죽을 줄 모르고, 독만 올라
독만 올라
독, 독
독만 올라
내일이면 죽을 줄도 모르고 독도 잘만 먹던데.

고추를 따는데

섭씨 37도가 넘는다는 폭염이라

해거름에

고추밭에 앉아 고추를 딴다.

땀이 눈으로 코로 흐른다.

바지는 종아리, 허벅지에 감긴다.

함지산에서 내려오는

한 할아버지

나무 밑에 앉아

잠시 쉬며 한다는 말씀이

젊은이,

고추는

익었다 하면 바로바로 따는 거여.

밭에 자주자주 다니게.

아껴뒀다가는 늙어서 물러터져 못쓰는 겨.

밭에 고추나 방에 고추나

다 같은겨.

할부지 당최 무언 말인겨.

노인은 어느새 산을 저만치 털래털래 내려간다.

제2부

깊은 산 저녁 어스름

한없는
적막 쌓아놓았는데.
풍경 소리
뎅 — 그 — 렁.
마음 깊숙이 바람을 다 재우지 못했기 때문.

서산에 해가 기웃기웃
산길을 내려가려 서두르는 것은
산 아래 마을에,
아내와 자식들
밥 빌어먹는 일터
같이 일하는 사람들⋯⋯
두고 온 생활의 가지들을
마음에서 다 내보내지 못했기 때문.

산 아래 마을에서
저녁연기 따라 피어오르는
밥 눋는 냄새가 아직은 구수하게 퍼져 울리기 때문.

골짝에는 흐린 물이 넘쳐흘러

갑자기 비가 퍼부어 골짝물이 콸콸 흐른다.
골짝에 물이 말라
며칠 동안 세수만 하고 지냈길래.
무더운 여름이라
옆에 있는 길손에게

물도 불었는데.
때도 씻고 마음도 씻어야지.
뽀송뽀송

아유! 누가 벌써 씻었는지 흙탕물인걸요.
며칠 더 지나야 할 것 같아요.

물이 더러워도
물이 때를 씻지
때가 물을 씻지 않아요.

돌도 씻고, 길도 씻고

나무도 씻고

저 산을 씻어 내려오는 물이

흙탕 좀 졌길래.

그대와 나 욕망으로 얼룩진 마음 한 자락쯤이야.

조금은

씻어갈 수 있겠지.

산다는 것은

앞문을 열고 보니
텅 빈 하늘에 달 하나 떠 있더라.
웃는 듯
윗는 듯
할 말이
있는 듯
없는 듯
그렇게 그냥 떠 있더라.

뒷문을 열고 보니
소리 하나 흔들리지 않는
달빛 아래
늘어진 솔가지 사이로
멀리
탑 그림자 하나 흐릿하게 서 있더라.
사리도 없고 돌 조각도 없이
허공에 그림자 하나 서 있더라.

집 떠나는 아들을 보며

아이는 자라서 집을 떠난다.
대학에 간다고 집을 떠난다.

이제 내가 할 일은 늘 기다리는 것.
해 지는 서쪽 하늘만 보면 오늘은 무사히 잘 지냈나.
언제쯤 시간 있어
올라나,
잠깐, 왔다, 갈라나.
그가 할 일은 잠시 틈 내어주는 것.
시간을 쪼개 들러주는 것.

세월이 지나 그가 내 나이가 되고
내가 더 늙어 지는 해가 되면
해 지는 노을 아래 서서
그가 혹시 들르지나 않을까.
그는 내가 기다리는 반가운 손님이 되고.
내가 시간 있어 잠시 그를 만나러 가면
나는 시간을 방해하는
귀찮은, 귀찮은 손님이 되겠지.

늙은 할매 둘이 지나가며

아들 잘났다고 자랑하지 마라.

그렇게 잘났으면 나라의 자식
명절이 있나 어미 아비 생일이 있나
나랏일 한다고 코빼기 잠깐 보는 것도 황송한 일.
골목에 차 세워놓고 목 한번 내미는 것도 그려
손 한번 잡아보는 것도 힘들지.

그저 그렇게 돈이나 잘 벌면 사돈집 자식.
제 마누라 머슴이지.
사돈이야,
제 딸 호강하지
딸 차 타고 호사나 하지.

그저 못난 놈이 제 자식이야.
어미 손길 기다리며
밥 해달라
보채지만

그래도 제 품 안에 있으니

제 자식이지.

내 손길 필요하니 내가 더 살아야 하는 이유도 되고.

새똥

새가 날면서 물찌똥을 남겼다.
마당에
큰 원, 작은 원, 더 작은 원
마침내 점 하나를

나는 살면서 무슨 똥을 남겼을까.
냄새나는
서투른
남들이 디딜까 발길을 돌리는
큰 무더기, 작은 무더기, 더 작은 무더기.

나도 모르게
남의 마음에 상처나 낸 것 같아서
'미안하다', '미안하다'
고개 숙이려 하는데.

마음 한구석에서는
그런 똥내가 더 구수한 것 같기도 하여서

엉거주춤

어설픈 향수보다 더 구수한 것 같기도 하여서

때로는 깨알 같은 씨앗들의 거름이 될 것 같아서

물찌똥? 덩어리똥??

똥. 똥. 똥???

방을 치우다가

책장을 새로 넣고
방을 치운다.
버릴 것들을 골라내다가
미련이 남아 어떤 것은 다시 들고
마음속으로 책을 만진다.
아무래도 방만 어지러울 것 같아
저쪽으로 다시 던진다.

내가 살아온 날들도
들고 보면
부끄러운 것들만 가득하다.
그래도 이것저것 들고
강가에서 주워 온 조약돌처럼 매만져본다.
어느 것은 본색이 야물지 못하고
어느 것은 물갈이가 거칠고
어느 것은 물때가 더럽고.

내 삶의 조약돌들도

어느 것 하나 간직할 것 없다.

텅 빈 마음의 벌판을 서성이다가

책들로 어지럽힌 방 안을 서성이다가

살아온 날들처럼 살아갈 날들도 빈 들판으로 보여서

바람만 쓸쓸히 불 것 같아서

텅 빈 공간을 자꾸만 헛디딘다.

청자다방

겨울바람이 세차게 불 길래
저녁을 먹고 중앙통을 산책하다가
청자다방에 들렀다.

향촌동 입구
30년 전 그 모습 그대로.
중앙통이 한때는 대구의 제일 번화가
그 다방도 그때는 누구나의 약속장소였었지.
낯선 손님과 처음 만나
막걸리 골목으로 들어섰었지.
지금은 기억하는 사람이 거의 없는
시내의 후미진 골목.
저녁, 이른 시간에도
넓은 방 안에 늙은이 하나 둘
연탄난로에 고구마를 굽는다.
고구마 냄새가 가득하여도
방 안의 싸늘한 바람만 오고갈 뿐

말을 걸 사람조차 없다.

나도 또 다른 구석에 혼자 앉아
1970년대식 생각에 젖는다.
선산식당, 양지식당, 고구마식당
깍두기 한 접시에 막걸리 한 주전자
이념과 독재, 독점재벌과 매판자본, 자유와 정의,
뭐 이런 논쟁으로 열을 올리며
쪼그라진 양은 막걸리 잔을
더욱 우그리던 그 때를.
몇이서 만나 각자 주머니를 모두 털어
막걸리를 마시고
친구의 자취방, 연탄 값이 없어 냉돌방
통금시간을 넘겨 비틀거리며 걸어가
옷은 입은 채로
너무 추워 꼭 안고 이불 덮고 잤었지.
아침에 눈을 뜨면 입에서 뿌연 김이 났었지.

콧구멍에는 이슬방울이 맺혔지.

그것은 젊은 날의 한때의 방황?

아니, 순수한 영혼의 아름다움?

퇴락한 중앙통 거리에서

퇴락한 사람이 되어

30년 저 너머를 어제처럼 더듬는다.

내가 그렇게 동정받을 사람도 아닌데

여름, 한낮, 밭에서
땀을 뻘뻘, 풀을 뽑고 있노라면
어린 아들 손잡고 산을 내려오는 아저씨

애야, 너도 열심히 공부하지 않으면
저 아저씨처럼 된단다.

살던 집에 다시 와서

10년을 넘게 살던 집인데
셋방살이 벗어나
주인집 눈치 벗어나
코찔찌리 아이들을 다 길러낸 집인데.

이사 간 지, 3년
현관문 열고 들어서니
너무 낯설다 낯익은 듯 낯설다.
싱크대 앞에 서성이다
화장실을 기웃거리면
따뜻하던 한때의 온기
아이들과 함께 욕탕에서 놀던 모습들이 선해
눈 끝의 초점이 흐린다.
앞 베란다를 서성이며
몰라보게 자란 석류나무 목련나무
낯익은 듯 낯익은 듯 낯설다.

한 때의 청춘이 머물던 곳.

마냥 그날 같은 그날들이 계속될 줄 알았던

일터를 위해 일했던 그 시절들이

낯익은 듯 낯설다

아름다웠던 추억.

지금 하루하루의 일상들이 낯익은 듯 낯설다.

나이 들었다고 쫓겨난 일터

어느덧 인생의 황혼인가

낯익은 듯 낯익은 듯 낯설다 어설픈 인생의 전환점이여.

옛날 살던 그 집에 다시 와서

그 때 그 시절의 것들이

낯익은 듯 낯익은 듯 낯설다 청춘의 빈 껍데기.

어딘지도 모르고 걷고 있는 지금 이 길이

낯익은 듯 낯익은 듯 낯설다 또 다시 밥벌이를 찾아

방황하는 내 인생의 쓸쓸한 노을 길.

고향 옛집을 다시 사서

고향 옛집을 다시 사 헐고
귀향을 계획한다.
누구처럼 돈이 많은 것도 아니고
오랜 관직 끝의 환향도 아니다.

사람들과 어울려 헛웃음을 웃다보면
가면을 써야 하는 내가 싫어
이제 돌아가려 한다.

세상살이가 나를 힘들어 하고
나 또한 세상살이가 힘들어
동구 밖에 서서 기다리는 누구 하나 없는
손길 잡고 같이 가 줄 누구 하나 없는
귀향을 준비한다.

고향 앞 주막거리에서
학생 없는 텅 빈 학교를 바라보면
발끝에는 비비새만 울고 있는데

비비비 비비비 울고 있는데

더러는 없어지고
더러는 비어 있는 옛집들
퇴락하는 마을로
들어서는 나도
씁쓸한 황혼의 햇살도
늦가을의 바람소리처럼 바스러진다.

가을의 서정

나도 낙엽 되어 떠나고 싶어요.
닫힌 빈 방 안 내 마음 어디에 내리는 어스름.
바람에 날리어 으스스 밀려가는
낙엽이 되어,
옷깃을 스치며
멀리서 들려오는
향기를 맡으며
나 또한 모르는 그대에게
구수한 메아릴 들려주고 싶어요.

안개비 내리는 저녁
긴 머리 날리며
걷고 싶어요, 가을에는
나 모르는 그대
어딘지 있을 것 같아서
보일 것
보일 것 같아서

그대가 없어도 좋아요

갈 곳은 없어도
가을엔 텅 빈 방 안이 싫어요.
내 마음 이미 다 비어
지나가는 바람에도
으스스 밀려가는 낙엽 되어
안개비 내리는 거리
어디든 떠나고 싶어요.

저문 강가에서

한잔 술에
여기까지 왔구나,
휘청거리며 걷다 보니
해는 지고 어둠이 깔리는 강가.

강물은 어둠으로 깊어간다.
강바닥에 쌓이는 흙 앙금도
돌에 묻은 푸른 이끼도
물로 감춘 물풀들도.

강둑에는
하얀 꽃, 노란 꽃, 빨간 꽃
푸른 잎
모든 것들은 그 윤곽만 남고
어둠으로 묻힌다.

이제까지 살아온
내 마음속 입혀온

하얀 꽃, 노란 꽃, 빨간 꽃
항시 푸를 것으로만 보았던 무성한 숲들도

새벽의 먼동으로 왔으니
해 다 진 어둠 속에서는

이제 떠나보내야 한다.
흐릿하게 검은 흔적만 남기고

제3부

어머님이 가시는 길

어머니는 늘 이렇게 살다가 통증 없이 떠나고 싶다신다.

그러나 어머님이 택하신 길은 온몸을 쥐어짜는 통증이 따
른다는

위암이랍니다.

의사는 필요하면 진통제를 드시라고 하지만

어머님은 배의 아픔을 참으며

여윈 이마에는 누런 진땀을 흘립니다.

옆에 있는 제가 끙끙 용을 써봅니다.

그렇다고 어머님의 통증이 줄어드는 것은 아닙니다.

이별 연습

어머니, 저는 아직 헤어질 준비가 되지 않았어요.
어머니는 자꾸 손사래를 치시네요.
아직은 응석도 부려보고
투정도 부려보고 싶어요.
치마 깃을 붙들고 긴긴 이야기를 하고 싶은데
어머니는 이제 그만하라고 하시네요.

눈물이 자꾸만 흘러서 말이 되지 않습니다,
어머니.
제가 열일곱 되던 해
고등학교에 입학하면서
처음 어머니의 옆을 떠나
이불 보자기 하나 들고
도회지로 공부하러 떠난다고 나설 때
어머니는 한 발자욱만 더, 한 발자욱만 더
5리도 넘는 길을 제 뒤를 따라 어느새 다 오셨지만
저는 뒤도 돌아보지 않고
고개를 숙이고 빠른 걸음으로 앞으로 앞으로만 발을 옮겼
어요.

그때도 눈물이 자꾸 흘러 말 한마디 건네지 못했어요.

제 생각에는 그때 어머니의 곁을 떠나면

이제 다시 어머니와 함께 사는 세월이 없을 것 같았습니다.

저는 학교라는 굴레로 빠져들고

그 길로 제 사는 것은 도회에서 도회로 전전하고

어머니는 시골집을 그냥 지킬 것 같았어요.

그때 어머니는 속으로 제가 너무 매정해 보였지요.

그러나 제 눈물을 어머니께 보일 수는 없었습니다.

자꾸만 나약하다고 꾸짖을 것만 같았어요.

이제 어머니

병원에서도 집에 가서 쉬라고 하십니다.

어머니는 배가 아파

진땀을 흘리시는데

통증이나 잊는 약 약간 처방해주면서

이제 준비나 하라고

어쩔 수 없다고 하시네요.

어머니의 손을 잡아보니

손길이 왜 그리 힘이 없어요.

2년 전만 해도 40이 넘은 아들인 저보다 더 힘을 쓴다고

큰소리치시더니

이제는 자꾸만

"더 이상 나를 믿지 마라" 당부처럼 말씀하시니

자꾸 눈물이 납니다.

한 번만 더 건강하게

옛날처럼 어머니 주장도 하시고

제가 해놓은 밭일을 헝클고

어머니 마음대로 이것저것 심어도 보세요.

그러면 제가 어머니 앞에 가 투정도 부려볼게요.

이제 어머니는 밭에 가실 힘이 없고

저 혼자 밭에 가보면

아래 밭 자락에 어머님이 꼭 앉아 계실 것만 같아서

눈물이 나 밭머리에 그냥 앉았다 돌아옵니다.

어머니가 누워 계시던 요 위에 혼자 누워 눈을 감고 있는데

어머니가 조용히 방에 들어와 제 손을 잡아주네요.

손길이 온기가 없어요.
눈꺼풀은 눈물이 가득해 뜰 수가 없는데
어머니는 저를 보고 울고 있는 걸 아시는지
그저 제 얼굴만 쳐다보네요.
그렇게 말 한마디 없이 한참을
눈을 감고 어머니를 올려보았어요.
어머니께 제 눈물을 보여줄 수가 없었어요.
어머니는 제 울음이 무엇을 뜻하는지 다 아시는지
손길을 꼭 잡으시며
이제 더 믿지 말라고 한마디만 하시고
어머니도 목이 메시는지 말이 없었어요.

아직은 응석도 부려보고 투정도 부려보고 싶은데
어머니는 자꾸만 헤어질 준비를 하시네요.
먼 길을 준비하며 이별 연습하자고 하시네요.
나는 아직 준비가 안 되었어요, 어머니.
하지만 어머니는 저쯤 물러나 손사래를 치시네요.
어머니 혼자 멀고 먼 길을 떠날 준비하시네요.

항암제 주사 맞히는 날

아침에 출근하면서
오늘은 손전화기를 켜놓고 수업하기로
아내에게 약속했다.
이상이 있으면 급히 전화하라고

혹시나 혹시나
전화기를 만지며
그래도 그래도
무소식이 희소식이다
무소식이 희소식이다

내가 먼저 할까

전화번호를 눌렀다가는 지우고
눌렀다가는 지우고
그래도 그래도
무소식이 희소식이다

무소식이 희소식이다

수업이 끝날 때까지
주머니의 전화기를 만지며 안간힘을 썼다.

항암제 주사를 맞히면서

어머니는 아직 주사약의 내용을 모르실까.
일곱 시간 넘게 네 대의 주사를 맞으면서
그냥 참으신다.
아프시냐고 물어봤더니
그냥 웃으신다.
주사약을 갈아주는 젊은 의사가
철없이 자꾸 항암제라고 하지만
그 말을 들었는지 모르는지
내게는 천연스레 옛날이야기를 하신다.

우리 집 머슴, 고집 센 정 노인이며
몸 빠르고 싹싹했던 젊은 이 씨의 이야기
내가 어려서 어슴푸레 기억하는
권 씨의 이야기
나중에 권 씨는 그 아들이 큰 부자가 되어 서울 가서 살았
다는 이야기

아마 어머니는 그 젊은 의사의 말을 알아들었지만

내가 눈물 보일까 봐 그런 이야기를 하고
나는 어머니가 병에게 의지가 꺾일까 봐 그런 이야기를
한 건 아닌지.

어머니가 다른 사람에게 전화하시는 걸 보면
어머니도 당신의 병이 무엇인지 알고 있는 것 같고
그러나 내게는 천연스레 곧 낫는다고 하신다.
이까짓 병으로는 죽지 않는다고 하신다.

꼬부랑 지팡이를 보면

길가에 한 안노인이 지팡이를 짚고 나무 밑에 서 있다.
그 뒷모습을 보다가 차를 세웠다.
어머님이 몸져누우시고 종종 이렇다.

전에는
걷기도 힘든데 그냥 집에 누워 계시지.

이제는
다리에 힘없으면 다시 걸을 수 없으니
힘닿는 대로 부지런히 걸으시라고.

어머님이 몸져누우시고
아름다운 모습들을 새로 알게 되었다.
안노인들이 지팡이를 짚고 안간힘으로 더듬거리며 걷는
모습
너무 아름다워 보였다 우리 어머니도 저렇게나마 걸을 수
있다면.

어머니의 통증

그 고통이 얼마인지 나는 모른다.

언제나 잘 참으시고 흐트러진 모습을 보이지 않으셨는데

배를 움켜잡고

의사를 부르신다.

그러고는 호통이다.

남 듣기 싫은 말은 잘 하지 않으시는데

통증을 더는 참을 수 없는지

크게 한 번 꾸짖고는

눈으로 그 젊은 의사를 쳐다보는데

눈빛은 완전히 하소연이다.

아픈 배의 고통을 없애줄 수만 있다면

아픈 배의 그 고통을 없애줄 수만 있다면

옆에 서서 나는 아무것도 할 수 없었다.

모성애 1

깊은 밤

어두운 병실에서

어머님은 검푸른 위산을 종이컵에 울컥 토하시고

통증과 쓴맛으로 이맛살을 찌푸리신다.

그걸 받으러 내가 얼른 뛰어가면

걷지도 못하시는

그 힘으로 얼른 도끼눈을 치뜨시고

손사래로 내 걸음을 막으신다.

당신의 그 아픔이 자식에게

옮겨질까 싶어서

윗몸도 일으킬 수 없는 그 힘으로

억지로 억지로 개수대를 향해

혼자 컵을 비우고 입을 헹구신다.

모성애 2

축 처진 어깨로 소주 한 병 들고
어머니를 찾아갔더니

왜 그리 힘이 없노.
뭔 일 있지.
　아무 일도 없어요, 어머니.
말 안 해도 내 다 안다.
머슴아가 일자리 좀 잃었다고
그까짓 일로…….
어깨 좀 펴고
집에 가서 니 댁한테는 그런 모습 보이지 말아라.
살다 보면 그런 일도 다 있는 거란다.

어머니는 산소에 누워
아무 일도 아니라고
정말 아무 일도 아니라고
따뜻하게 내 어깨를 감싸 안는다.

안개 속 어머니 옆에 앉아

어머니, 오랜만에

이렇게 옆에 앉아봅니다.

늦가을 자욱한 안개에 싸인 어머니 산소에는

완전한 적막만이 흐릅니다.

앞을 보면 낮은 산자락 너머 낙동강도 보이지 않고

약간 왼 옆으로 환히 트인 강 너머의 마을도 보이지 않습

니다.

산자락에 묻힌 집 몇 채가

논 두락을 내다보고 있는

그 마을의 모습이

따뜻한 햇살 아래

마른 풀 대궁에서 졸고 있는 고추잠자리 같더니만

뿌연 안개 품속에 숨어버리고 말았습니다.

마을 앞에는 강안 정리한다고 미루나무 숲을 베어내고

흉물스런 모습을 한 가지런한 시멘트 강둑도

보이지 않습니다.

오른팔로 껴안듯 한 포근해 보이던 바로 옆 산자락도

안개의 점점에 가려서 아늑하게만 느껴집니다.

안개 품에 안긴 산자락 어머니 옆에 앉아

나 또한 적막을 맛봅니다.

시끄러운 세상에서 벗어나

한없이 졸음 오는

안개에 안겨봅니다.

빈집

눈 내린 들판에 빈집 한 채
울도 담도 없어도
지붕에는 기와를 얹었다.
문도 하나 없어
바람은 하냥 이 방 저 방을 서성인다.
떨어지는 흙을 벽에다 쥐고
끙끙 세월에 맞선다.

저 집을 떠나면서
주인은 어제처럼 내일도 살 것같이
처마에는 장작도 재어두었다.

저 빈집에도 한때는 사람이 살았지
저 빈 공간에도 한때는 사람이 살았지
저 빈 마음에도 한때는 사람이 살았지
저 빈 가슴에도 한때는 사랑이 살았지
저 빈 감나무에도 아내와 어린 자식들 주렁주렁 열렸지

저 빈집에는 사람이 모두 떠났지

저 빈 공간에는 사람이 모두 떠났지
저 빈 마음에는 사람이 모두 떠났지
저 빈 가슴에는 사랑이 모두 떠났지

눈 내린 들판에
하얀 눈을 머리에 쓰고
텅 빈 한 늙은 사내가 집이 되어 서 있다.

날기 위한 연습

아버지, 날마다 여위어가신다.

먹어도

먹어도

팔다리는 뼈만 남는다.

땅 위에는 미련이 없는가 보다.

날·밤으로 하늘을 날으는

꿈을 꾸신다.

조금 더 가볍고 싶어

살을 내린다.

쉬이 날려면

땅이 당기는 것들을 줄여가야지.

아버지,

방에 누워 쉬지 않고

하늘을 나는 연습을 하신다.

땅 위를 사랑하는 사람들은

밥 한 그릇

과즙 한 컵
땅이 안아주는 의미를 부여하지만

하늘을 향해 쉬이 날아야 할 사람들은
땅 위에 드리운 닻줄, 마자 끊고 싶어
그런 것의 의미를 거부하고 싶다.
아버지, 먹어도 먹어도
살을 내리고 있다.
방에 누워 하늘을 나는 연습을 하신다.

비워둔 집
— 아버지의 집을 청소하며

아버지 입원하시고

사람은 살지 않고

장롱과 식탁과 냉장고가 지키는 집.

쌀 한 톨 사 모으는 것이 아니라

먼지 하나 쓸어내는 집.

장롱을 열고 버릴 옷을 찾아낸다.

목이 누런 남방

빛바랜 양복

몇 년 동안 걸려 있기만 한 오리털 잠바

입은 적도 없는 잠옷.

문갑을 열고 버릴 서류를 찾아낸다.

받을 수 없는 약속어음

팔아버린 땅문서

빛바랜 사진

지나간 야유회 초대장

젊은 날의 공무원 인사장.

냉장고 문을 열고

남은 음식들도 들어낸다.

생수병, 소주병

은행 열매 가루, 마 가루

구운 김

살기 위한 청소가 아니라

하나씩 비워내려 쓸어내는 집.

땅 위의 흔적들을

하나씩 지워내려

남겨야 할 이유보다 버려야 할 이유들을 먼저 찾는 집.

땅 위의 집을 비워내며
— 아버지 집 이삿짐을 싸면서

아버지라는 이름으로 된
마지막 집.
그 집을 팔기 위해 짐을 싼다.
땅 위의 발자국들은
남은 사람들의 짐이 될까.
그 발자국의 흔적들을 지우려고
남겨야 할 것보다 버려야 할 것들을
찾아내는 짐.
버리고 나서 마음이 더 가벼워지는 짐.

밤 내내 짐을 싸면서
짐을 싸지 못한다.
10년 전, 먼저 떠나신 어머님이
곱게 빨아 손수 장만하여 넣어둔
한 번도 입은 적이 없는
모시 고의적삼, 삼베 고의적삼
삼베 두루막
덮은 적이 없는 삼베 홑이불

장롱 서랍만 10년 넘게 지켰는데
버려야 할 짐 속에 넣었다가
남겨야 할 짐 속에 넣었다가
들었다가 놓았다가
들었다가 놓았다가……

어머님이 돌아가시기 전
얘야, 여름에 무슨 일이 있거든
이거 꺼내 너희 형제들 상복 해라.
너거 아버지 젊을 때 입던 것인데
다 버리고 몇 벌만 남겨두었다.
버리지 말고 쓰거라.
요즈음 시장 상복보다는 훨씬 낫다.
풀을 먹여 다림질하여
장롱 속에 곱게 보관해놓은 것.

장례식장 유리 진열대 속
편리한 상복들이 보이면서

이걸 누가 입으려고 하겠나.

아내의 얼굴이 얼핏 스치며

집 안 어지럽게

구질구질하게……

내 마음속 청개구리가 얼른 일어나

버려야 할 물건 속에 던져두고

밤 내내

짐을 싸지 못한다.

어머니의 얼굴이 자꾸만 보여서

땅 위의 발자국들은

남은 사람들의 짐이 될 것 같아서

남겨야 할 것들을 챙기면서

버려야 할 이유들을 먼저 찾는다.

꿈속에 어머니가 나타나

그날따라 어머니는
뿌연 한복을 정갈하게 입으시고
내가 누웠는 머리맡으로
걸어와
애야, 잠깐만 일어나라.
이제 나는 아무래도 가야 할 것 같다.
이 복잡한 집을 네게 다 맡기는 것 같아
미안하구나.
내가 어머니의 치맛자락을 잡고
아직 조금만 더 계셔요
허겁지겁 어머니를 따라가는데……

참으로 이상한 꿈이었다.
일어나 어머니한테 전화를 하려 하는데
시계를 보니
아직은 한밤중이다.

살아도 죽은 목숨

아버지, 집중 치료실에 누워
끝없이 잠을 잔다. 눈을 뜨고 잔다.
혀가 오그라들고 입이 말라
거즈를 축여 입술을 덮어주었다.
말문을 닫은 지 한 주일이 넘는다.
뉘엿거리는 해가 유리창을 비낄 때
아버지, 오랜 잠에서 깨어나
눈을 깜박인다.
눈곱 낀 흐릿하던 눈에 물기가 촉촉하다.
눈망울이 반짝인다.
간병사 아주머니가 연필과 종이를 주었다.

하시고 싶으신 말씀 써보세요.
아버지, 삐뚤삐뚤 글씨를 쓰신다.
"나는 이미 죽었다"
"아내는 11년 전에 죽었다"
오래 저승길의 황야를 방황하다 왔을까.
끝없는 잠 속에서

때로는 입을 달싹이고

때로는 미간을 찌푸리며

무언가 할 말을 할 수 없어서 안타까웠던

것처럼

문장도 정확하게

의식도 분명하게

다 쓰고서

휴우 길게 날숨을 쉬신다.

그러고는 다시 눈이 풀리며 긴 잠을 자신다.

떠나가는 집

낙단보를 바라보는 강 언덕
아버지의 산소는
가녀린 풀, 성긴 꽃
물안개 피는 호수를 바라보는
쓸쓸한 정자가 되었네.
말할 수 없는 부끄러움과
한때의 굴욕, 끝없는 실패로 이어지던
나약했던
이승의 삶들을 묻어두고
잠시 앉아 쉬었다 떠나가는 집이 되었네.

거기 이별 노래 부를
사람 하나 없다.
같이 가는 사람, 누구 하나 없이
저기 아버지, 삼베 도포 자락 나부끼며
큰 키로 허위적허위적 걸으신다.
하늘나라가 멀기도 하지만
미련도 아쉬움도 없이

고개 한 번 돌리지 않고
물안개 속으로 사라진다.

강 언덕 산자락에
몸이 누운 천 년의 집,
집을 나선 영혼이
잠시 앉아 쉬었다 가는 정자로 남겨두고
아버지, 혼자서 허공 먼 길을 쓸쓸히 걸으신다.

거부하고 싶은 것, 헤어지고 싶은 것

아버지, 대구의료원 집중 치료실에 누워
한없는 꿈꾸기를 하신다.
산소마스크를 달고
먹은 것 없는 지가 열흘도 넘으면서
살갗 속 앙상한 뼈만 남았다.
깨어 있는 시간보다 자는 시간이 더 많다.
눈을 뜨고 잔다.
눈을 감으면 이 세상과는
마지막이라고 생각하시는지
눈 감을 수 없는 것들이 많고 많아서인지.

아버지, 꿈속에서 누군가 자꾸 만나고 있다.
입을 달싹이며 무슨 말을 하지만
말할 능력을 잃어버린 지 너무 오래.
마음만 안타까운지
손을 내저으며 자꾸 가라고 하신다.
그러고는 두 손을 크게 들고
멀어져가는 누군가에게

헤어짐의 손 흔들기를 하신다.

모레가 숙부님의 제삿날.
숙부님은 일제 때
징병을 가셨다가 남양군도에서
영미 귀신들을 쫓아내기 위해 싸우다가
해방이 되고 그 다음 다음 해 겨울에 돌아왔다.
다음 해 결혼을 하고
그 다음 해 자식 하나 없이 돌아가셨다.
아버지의 문갑 속에는,
숙부님의 징병 보상금을 받기 위해 서류를 꾸미다가
지운 글씨들만 가득하다.
썼다가는 지우고 썼다가는 지우고
화이트로 지우고 줄을 그어 지우고
서류를 다 쓰지 못한 이유와
서류를 끝내 쓰지 못한 이유는 무엇일까
보상금보다는 마음이 아팠을까

그 숙부님을 만났으면

바로 위의 형님, 반가웠을 텐데

완강하게 떠나라는 헤어짐의 인사만 했을까

아직 만나기엔 저승의 명부가 너무 빨랐을까

아버지, 힘이 없어 손을 들고

내저으시다

떨어드리고 내저으시다

떨어뜨린다. 힘이 없다.

제4부

시골 아내와 도시 남자 이야기

나 지금 너무 배고프다
　뭐—ㄹ 먹으러 갈까요?

응, 열무김치에 보리밥 비벼먹고 싶다.
생선이랑요.

　없는 것만 골라서 찾네.

응—, 있을 건데, 보리밥집에 가면
막걸리도 한 병 곁들이고

　이 깊은 밤 어딜 가요.
　가까운 보쌈집에 가서
　보쌈 한 접시하고 소주나 한 병 곁들이지.

마네킹도 옷을 갈아입는다

건넛집 옷가게를 바라보고 있으면
계절을 먼저 알고 마네킹도 옷을 갈아입는다.
이른 봄날 새 옷을 입어 참 좋을 것 같은데
기침을 자주 하는 내가 보기에
철 이른 때다.
옷이 너무 얇아 감기 들 것 같은데
가게 주인은 거침이 없다.
옷을 훌훌 벗긴다.
그것도 성이 차지 않으면
목을 뽑고
팔을 뽑는다.
그러고도 제 성질을 참을 수 없는지
뽑은 머리 던지고
팔을 던진다.

언제나 같은 몸짓
같은 표정으로 서 있는
마네킹도 옷을 갈아입는다.

도회의 빌딩 숲을 걸으면
창문마다
높은 의자를 굴리며
넥타이를 손질하는 근엄한 아저씨들이
제각기 마네킹이 되어 의식의 옷을 갈아입는다.
창밖에서 보면
언제나 같은 표정 같은 몸짓으로 서 있는 것 같은데
사무실의 마네킹들이 옷을 갈아입는다.

철 이른 것 같은데
생존 방식이 이뿐이라
근엄하게 의식의 옷을 갈아입는다.
진흙탕 싸움을 준비하며 근엄하게 갈아입는다.
새 옷을 입어 좋을 것 같은데
목도 뽑히고
팔도 뽑힌다.
주인 마음에 들지 않으면 몸통도 꺾이고
다리도 꺾인다.

마네킹은 머리가 없어도 손발은 멋있게

길 건너 옷집
창문 앞의 마네킹들은
창밖을 향해, 맵시 있게 보이기 위하여
한 다리는 엉거주춤
한 손은 뒤로 살짝
들었다.
주인이 창밖에서 보다가
뭣이 맘에 덜 드는지
머리를 틀어보고, 뽑아보아도
창밖의 세상을 향해
여전히 맵시 있게 보여야 한다고
한 다리는 엉거주춤
한 손은 뒤로 살짝
들었다.

도회의 거리마다 회사의 마네킹들이
창문 앞 나란히 서서
머리는 아예 없는지 윗사람의 말 한마디에
한 다리는 양심의 경계선에 엉거주춤
한 손은 양심의 뒤로

살짝 들었다.

머리가 틀려도 뽑혀도

마네킹은 뇌가 없단다.

윗사람의 말 한마디에

참말로 마네킹은 뇌가 없어서

한 다리를 딛는 곳이

천국인지 지옥인지

한 손을 내민 곳이

쌤통인지 똥통인지

양심의 판단을 지워버렸다.

창밖의 사람들이 보기에

그냥 맵시 있게

한 발을 드는 척

한 손을 감추는 척

도회의 마네킹들이 사무실의 창문에 서서

미소를 짓는다.

뇌가 없다 뇌가 없다

'나는 뇌가 없다'를 외치며.

마네킹은 내일이 없다

어제도 오늘도 창가에 서서
몸에 걸친 옷가지 뽐내며
웃을 듯 웃을 듯
텅 빈 머리 갸우뚱

생각에 잠겨 있는 마네킹
머릿속이 하얀 마네킹
가슴 울렁이는 오늘의 기도는
지금 여기 길 가는 사람들의 시선을 당겨보는 것.
옷맵시를 바꾸고 발 위치를 바꾸며 손을 살짝 들면서
누군가 문을 열게
발길을 한번 당겨보는 것.
엉덩이는 비쭉, 어깻죽진 으쓱

저 번쩍이는 창문 뒤에 회사의 마네킹들도
누군가의 손길 한 번, 눈길 한 번 끌어서
사장님의 발길 한번

당겨보는 것.

그래도 내일은 없다.
철거라는 칼 한 번 번뜩이면
옷을 벗기고
팔을 치고 목을 친다, 마네킹
뒷마당으로 던진다.

칼날이 푸르다.
네 배역은 끝났다, 마네킹.
우리의 삶에 내일은 없다.

할배는 콩을 심고 비둘기는 콩을 먹고

허리 굽은 할배와 할매가

콩을 심는다.

기계에 콩을 담고

바퀴가 철커덕철커덕

이랑 따라 왔다가 이랑 따라 간다.

머리가

손잡이 위에 있다가

손잡이만큼 내려왔다가

손잡이 아래로 내려가면

할배가 기계를 놓고

밭두둑에 앉아 쉬고

할매가 기계를 잡는다.

발자국 따라 머리가

위에서 아래로 다시 아래로

할배가 다시 기계를 잡았다가

다시 할매가 기계를 잡았다가

……

어느덧
콩밭에는 막대기를 줄을 지어 꽂고
하얀색, 검은색 비니루가 묶인다.
허수아비들이 서서
순서대로 온몸을 흔든다.

한참 후에는
비둘기들이 멀리서 날아와 식사를 한다.
한 가족, 두 가족, 세 가족, 네 가족······
땅을 향해 부리로 콕콕 찍는다.
다음 날도 그 다음 날도 그 다음 날도······
비둘기는 허수아비와 장난치고 놀며
식사를 한다. 아침에서 밤까지
아침에서 밤까지.

그러다가 어느 날부터
비둘기는 오지 않는다.
비둘기의 발자국만 남아서 콩밭을 지킨다.

그 적막을 깨고

콩잎들이 줄을 지어 땅 위로 올라온다.

나날이 푸르게 짙어간다.

콩을 심어서

그래도 콩이 자라는 콩밭이다.

세금내기 싫다

어느 이른 봄날
은행 앞에서
한 할머니
발걸음을 겨우 옮기며
통장 정리 좀 해달란다.
생활보호대상자 국가지원금을 처음으로 받는단다.
통장을 받아들고
땟물이 흐르는 머리 수건 속에
얼굴은 마냥 함박꽃이다.
더 많은 세금을 내고 싶었다.

이천팔년 늦은 가을
신천대로 철제 난간 바꾸기 공사가 한창이다.
너무 멀쩡하다.
철제 난간보다 더 남루한
사람들이 세금을 내었다.
부자당의 시장이라서
돈 쓸 곳의 기준도 다른가 보다.
세금이 아깝다.
나는 참 세금 내기 싫다.

밭에는 개망초가 만발하고

도회의 변두리

지금은 개망초가 우거져 숲이 된 밭이다.

지난해에는 늙은 할배 할매가

고추도 심고 콩도 심었다.

허리 굽은 할배 할매 따라

다리 찌그러진 의자도 따라 다녔다.

일하다 힘들면 의자에 앉았다.

1년 사이

밭일을 하던

허리 굽은 할배는

방바닥에 허리 눕혀 천장만 쳐다본다.

방구들을 지고 누웠다.

할배 따라 할매도 집 안에서 서성인다.

밥도 하고 청소도 하고

할배의 팔도 되고 다리도 된다.

그 집 대문 안을

도회에 있는 젊은 아들이 몇 번 다녔다.

지금 그 밭은

할배 할매의 아들이 돈다발만 헤아린다.

고추 열매 콩 열매보다,

훨씬 많은 돈다발 열매가 주룽주룽 열렸다.

개망초의 하얀 꽃들이 망초 되어 바라보고 섰다.

개도 이렇게는 싸우지 않는다
— 한미 FTA 법안 기습 상정 장면

신문의 첫 면
국회는 전쟁터라는 제목 위에
책상을 쌓고 의자를 쌓고 집기류를 산더미처럼 쌓아
문을 막아놓은 국회 외통위 회의실 문 앞의 모습.
그 옆에는
망치를 들고 문을 부수는 사진.
그 옆에는
이 나라의 훌륭한 정치가들이 편을 나누어
국민을 살리는 법을 만든다고
소방 호스를 들고 물을 쏘고
소화기를 가져와 하얀 분말을 쏜다.
또 그 법을 막는다고
뭉게구름 같은 뿌연 분말의 안개 속에
생쥐보다 참혹한 모습으로 허리를 수그리고
날렵하게 몸을 낮추어 무엇인가를 피하는
허둥거리는 사진.
저마다 백성들을 위해 법을 만들고 또 막는다고

제 한 몸 바쳐 싸우는 입법의 전당.

옆에 있는 친구가 어깨 너머로
그 사진들을 보면서
순 개판이네.

이 말을 듣고, 그 친구 데려온 개가
고개를 쓱 내밀고
개도 이렇게는 싸우지 않아요, 한다.

21세기 민주인사를 기르는 체험학습 현장

— 일제고사 대신 체험학습을 허용한 교사들에 대한 징계
다음 날 인터넷 기사 중에서

선생님 사랑해요 힘내세요!!
꼭 돌아오세요.
학부모님들도 징계의 부당함을 알고
이렇게 응원해주시는데 반드시 돌아오지 않겠어요.

오늘이 방학식이라고 생각해.
너희들이 체험학습 가서 선생님이 못 나오는 건 절대 아냐.
당당하게 어깨 펴야지.
너희들 만나서 행복했어.
아무개는 친구들과 친하게 지내고
아무개는 너무 스트레스 받지 말고

아이들에게 일일이 편지도 써줄 만큼
정말 좋은 선생님이셨는데.

선생님 사랑해요 힘내세요!!
꼭 돌아오세요.

이날 수업 장면은 민주주의를 가르치는 아주 특별
한 체험학습이었습니다.

이상한 나라

우리나라는 참 잘사는 나라다.
보도블록 가는 것을 보면
깨끗한 바닥판, 때 묻은 돌
아직 깨진 곳 하나 없는 것들을 파낸다.

우리나라는 참 못사는 나라다.
가난하다고 학교에서 점심을 굶기는 것을 보면
가난하다고 병원에서 쫓겨나는 환자들을 보면
길가에서 신문지를 깔고
한뎃잠을 자는 사람들을 보면

경찰도 검사도 자본가의 용역과
한편이 되고
— 용산상가 철거민 항의 시위를 보고

용산 상가 세입자들이 강제 철거에 항의해 시위를 하였다.

가족들에게 따뜻한 보금자리를 만들어주고 싶어

보상을 제대로 받기 위해 망루에 올랐다.

살아가고 싶어 망루에 올랐다.

망루 밑에서 자본가의 용역들은 불을 지피고 쇠파이프를

휘둘렀다.

내려가면 맞아 죽을 것 같았다.

국민의 생명과 재산을 지킨다는 경찰들이

그 용역들과 한편이 되어

호스로 물을 쏘고

컨테이너 박스로 경찰 특공대를 투입 강제 진압을 했다.

시민 다섯 명과 경찰 한 명이 죽었다.

불에 타 죽었다.

검사도

용역들은 불구속 재판을 받게 하고

항의하던 세입자들은 구속 수사를 했다.

심지어 아버지의 영정 앞에 마지막 인사도 허락하지 않았다.

아, 우리들의 대한민국은

경찰도 검사도 자본가의 용역과 한편이 되어

항의하는 세입자를 진압하고 구속하였다.

사람 사는 나라가 되려면

— 저의 아이(1학년)가 친구와 식당에 갔는데 (친구가) 급식
비 미납자라고 돌려보냈다고 하더군요. 그 친구는 저녁도
못 먹고 자습을 했습니다. 친구네 집 형편이 몹시 어렵다
고 하는데 급식비를 안 냈다고 급식을 중단하는 것은 너무
하는 것 아닌가요(2010년 2월 19일 경향닷컴 「급식비 미납
학생들에게 급식중단 '매정한 학교'」 중에서).

경기도 안양의 한 고등학교에서

급식비를 못낸 1학년 한 학생이

친구가 보는 앞에서 식당에서 쫓겨났단다.

교장과 교감 학년부장이 참석한 부장회의에서

이 같은 급식 중단 방침이 검토되었단다.

이웃 도시 성남에서는 3,222억 원을 들여 새 청사를 지었
단다.

청사 유지비가 1년에 54억 원이나 든단다.

개청식에 연예인을 불러 2억 7천만 원을 들여 콘서트를 열
었단다.

고급 청사 짓기가 경쟁인지

안양에서도 100층짜리 시청 건물을

2조 원이 넘는 돈을 들여 짓겠다고 계획을 짰단다.

그런 안양에서

한 끼에 2천 7백 원, 한 달에 5만 5천 원쯤 한다는 급식비
를 내지 못해서
　다른 곳도 아닌 학교에서
　친구와 함께 식당으로 갔다가
　한 학생이 쫓겨났단다.
　그리고 밤 10시까지 자율학습을 했단다.
　한 명도 아니고 두 명도 아니고 1학년이 여덟 명
　2학년이 스물두 명.

　허기진 배를 움켜쥐고
　책상 앞에 앉아
　그는 무슨 생각을 했을까.
　가난한 부모님을 원망했을까.
　가난한 이 학교를 원망했을까.
　가난한 이 나라를 원망했을까.
　식당의 짠밥 통에 수북이 쌓이는 버린 밥을 생각하며
　부장 선생님의 회식 자리에서 숟가락도 안 댄 밥그릇을 생
각하며
　교장 선생님의 회식 자리에서 젓가락도 안 댄 반찬 그릇을

생각하며

이 학교의 주차장에는
3천만 원이 넘는 교장 선생님의 차가 있고
3천만 원이 넘는 교감 선생님의 차가 있고
3천만 원이 넘는 학년부장님의 차가 있다.

이 학교 예산에는
밥 한 끼에 이 학생의 한 달 급식비가 넘는
교장 선생님의 회식비가 짜여 있고
교감 선생님의 회식비가 짜여 있고
부장 선생님의 회식비가 짜여 있다.*

세월이 지나 이 학생이 학교를 졸업할 때
학교에서 동문회비를 내라고 하면
동창회에서 동창회비를 내라고 하면
담임 선생님이 사은회비를 내라고 하면
그는 무슨 생각을 할까.
밥값을 못 냈대서 식당에서 쫓겨난 학교를 기억하기 위해

동문회비를
밥값을 못 냈대서 식당에서 쫓겨난 것을
친구에게 보여준 것을 기억하기 위해
동창회비를
밥값을 못 냈대서 쫓아낸 선생님들을 기억하기 위해
사은회비를
내어야 할까. 그래도 낼까.

그 아이가 자라 어른이 되었을 때
나라를 지킨다고 국방의 의무를 요구할 때
나라의 살림을 꾸린다고 납세의 의무를 요구할 때
밥값을 못 냈대서 굶으라고 한 나라를 지키기 위해
군대에 가야 할까.
밥값을 못 냈대서 굶으라고 한 나라의 살림을 꾸리기 위해
세금을 내야 할까.

짐승이 아닌
사람인 이유를 가르치는 곳이 있다면
교장 선생님이 먼저 받아야 할까.

교감 선생님이 먼저 받아야 할까.
학년부장님이 먼저 받아야 할까.

안양 시장이 먼저 받아야 할까.
경기 도지사가 먼저 받아야 할까.
대한민국 대통령이 먼저 받아야 할까.

사람 같은 사람이 사는 학교가 되려면
사람 같은 사람이 사는 도시가 되려면
사람 같은 사람이 사는 나라가 되려면
짐승이 아닌 사람이 되려면

* 2010년 대구 시의원 한 끼 식사비는 평균 84,000원 예산.

그날 부엉이바위에서 당신은 떨어져
— 정토원을 다녀와서

여명이 움트는 첫 새벽
당신은 부엉이바위에서
그 아득한 높이를 내려다보았습니다.

그 위에서 떨어져
그 높이의 아득함을 깨었습니다.
머리가 깨어지고
마음이 깨어졌습니다.
부엉이바위 밑에서 쳐다보던
풀들의 마음이 나무들의 마음이
무참하게 깨어졌습니다.

그날 아침
하루의 첫 시작을 알리는 여명 속에서
당신은 새로운 화두를 던졌습니다.
부엉이바위의 아득한 그 높이가
우리들의 마음의 장벽이 될 수 없다고
떨어질 수 없는 높이

오를 수 없는 높이가 될 수 없다고.

부자들과 공권력이 작당해 서민을 지배하고
점령군처럼 지배하고
힘센 나라 앞에 줄을 서 가난한 이웃을 멀리하고
가난한 동족을 멀리하고
힘으로 힘으로 억눌러
우리들 앞에 절벽으로 막아서는 금력과 권력의 높이 앞에

그날 아침
하루의 첫 시작을 알리는 여명 속에서
새롭게 시작해야 하는 것이 무엇인지
당신은 화두를 던졌습니다.
따뜻한 밥 한 그릇에 묻힌 많은 사람들을 향하여
따뜻한 이불 밑을 벗어나지 못하는 사람들을 향하여
너를 위하여 나를 위하여
우리들 앞에 막아서는 무수한 부엉이바위의 높이를 향해

깨뜨려야 하는 것이 무엇이고

깨어져야 하는 것이 무엇인지

당신은 화두를 던졌습니다.

팽목항의 사진을 보며
— 내일을 여는 작가 65호(2014년 여름호)를 보고

엄마들이 줄을 지어

바다를 보고 섰다.

눈앞에 잠겨버린 배

눈앞에 떠 있는 배

그 배 너머 흐릿하게 서 있는 섬, 섬, 섬……

돌아오겠다 하고 집을 떠난 아들들

돌아오겠다 하고 집을 떠난 딸들

돌아오겠다 하고 집을 떠난 아버지들, 어머니들

돌아오지 않을 것 같아서

돌아올 수 없을 것 같아서

먼 섬처럼 멀어질 것만 같아서

소리 내어 불러보고

소리 죽여 불러보고

소리 없이 불러본다.

경찰들은 줄을 지어 땅을 보고 섰다.

미안하다 미안하다 땅을 보고 섰다.

바다는 출렁출렁 그리움으로
밀려오고
바다는 파랗게 물깊이로 막고 섰다.
그렇게 짧은 거리가 그렇게 먼 거리가 되어
아들아, 딸아, 아버지, 어머니,

바다를 바라보고 섰는 사람들은
땅을 향해서 미안하다 미안하다
이렇게 살아 있어서 미안하다.
땅을 향해 섰는 사람들은
마음속을 향해서 미안하다 미안하다.
이렇게 가슴으로 보고만 있어서 미안하다.

시골 남자와 도시 아내 이야기 1
— 맛있게 먹었다는 것

맛있는 밥 한 끼 생각하면

시골 남자는

따뜻한 방구들에 앉아

상큼한 채소 조금하고 구수한 된장이나 있었으면.

도시 아내는

풍치 좋은 레스토랑에 앉아

굽실거리며 폼이나 잡는 자식아를 불러

폼 잡고

먹어보지 못한 외국 요리나 한번 시켜보았으면.

맛있게 먹는 방법도 달라

시골 남자는

한 숟가락 가득 떠서

군침 돌게 입안에 가득 넣어보는 것.

도시 아내는

젓가락이나 포크를 들고 깨작거리며

혀끝으로 음미한다며

이것저것 즐기며 탐색해보는 것.

잘 먹었다는 표현 방법도 달라
시골 남자는
게트림을 하며 아랫배를 쓰다듬고
시간 여유 좀 있으면
하품 한 번 하고 식곤증이나 즐겼으면.
도시 여자는
색다른 차를 시켜
잡담이나 나누며 우아하고 품위 있게
팁이라고 주면서
폼 잡는 자식아를 다시 한 번 머리 조아리게 하는 것.

시골 남자와 도시 아내 이야기 2
― 밥 사 먹으러 간 이야기

외식을 한다며 부부는 집을 나섰다.

시골 남자는
수더분한 집에 가서
자글거리는 바닥에 앉아
허리가 두리뭉실한 아지매가 끓여주는
얼큰하고 구수한 탕이나 먹었으면.

도시 여자는
간판이 화려한 빌딩 같은 집,
창문이 있는 칸칸 방에 앉아
하얀 가운 입은 허리가 가는 머슴아가 날라주는
차림표를 훑어보며
우아하게 요것조것 시켜보는 것.

차를 타고 식당을 찾아 순례를 하는데
시골 남자가 차를 몰아
도시 변두리
지붕이 낮고 간판이 퇴색한

흙마당 집으로 핸들을 잡으면
도시 아내는 얼굴색이 변하며
얼굴을 붉히고
아내를 무시한다고 투덜거린다.

이번에는 도시 아내가 차를 몰아
도심의 화려한 빌딩 숲
대문에서 안내원이 정중하게 허리 굽혀
운전석의 문을 열면
시골 남자는
이런 것도 남을 부려서야
괜히 미안하고 겸연쩍어
마음이 편해야 입맛도 산다고
음식 맛 안 난다고 투덜거린다.

도시 아내는 남자가 왜 그래 쫀쫀하냐며
손가방을 들고 차에서 내려 그만 택시 타고 집으로 가고
시골 남자는 먼 하늘만 보다가
차를 몰고 터덜터덜 집으로 간다.

시골 남자와 도시 아내 이야기 3
— 휴가

여름이 무르익을 무렵 휴가 계획을 짜는데

시골 남자는 모처럼 쉰다고

도시의 매연과 소음을 벗어나

남들이 잘 안 다니는 물 맑은 산골을 찾아

빈 방 빌려 잠이나 좀 자고 시간 여유가 있으면

논둑길 밭둑길이나 좀 걸어보는 것

해거름이면 아무도 없는 물웅덩이에

온몸 담그고 찬물에 땀 씻으며 느긋해보는 것.

도시 아내는 남들이 누리는 것 우리도 한번 해보자며

해운대에 호텔을 예약하고

백화점에 가 외출복, 수영복 사고

이름난 식당 맛있는 음식 종류를

인터넷 기웃거리며 챙겨

휴가 맛은 역시

사람들이 북적거리는 데에서 복작거려보는 것.

겨울도 깊어가며 크리스마스 신정 때맞추어 휴가 계획을

짜는데

시골 남자는 아는 친구들한테 물어물어

큰길에서 멀리 떨어진 산골 마을 찾아

토담집 구들에 불이나 뜨뜻하게 때고

눈이나 비가 오는 날

늘어지게 한 잠 자고

따뜻하고 얼큰한 민물 매운탕에

소주나 한잔 걸치고

이런저런 쓸데없는 이야기나 즐겨보는 것.

도시 아내는 남들이 다 가는 용평이나 무주에

스키 타러 가잔다.

험한 산을 깎아 언덕을 만들고

날씨가 따뜻하여

눈이 오지 않는다고

인공 눈을 만드는 것이

유능하듯이

아내는 유능하여

무주 콘도에 방을 빌린다. 없다는 방을 전화질해 빌린다.

인맥 학맥 동원하여 없는 방도 만들어낸단다.

적당히 뇌물 주고 눈웃음도 흘리며 방을 만드는 솜씨

이런 데서 무능과 유능이 드러난단다.

시골 남자와 도시 아내 이야기 4
― 노후 계획

50이 가까워지자 회사에서 쫓겨날 날짜가 보인다.

시골 남자는 이제까지

고용살이 돈의 노예로 20년 넘는 세월

이제 그만 시골로 가잔다.

아늑하게 감싸 안은 산자락 남향받이에

작은 집 짓고

자급자족을 원칙으로

텃밭 장만하고 장독대와 사랑 뜰이나 참하게 꾸려

안팎 마음이나 넉넉하게 살잔다.

시끄러운 세속 도시와는 단절하고

손 잘 비비던 과거의 자신과도 단절하고

안 되는 것도 된다고만 말하면

그 명령에 머리 조아리던

자신이 아닌 자신과도 단절하고

이제는 자신의 삶을 살고 싶단다.

도시 아내는 사람이 뭐 그리 무능하냐며

퇴직금으로 더 넓은 아파트로 이사 가고
다시 취업 전선으로 나가란다.
평소에 잘 다니던 거래처 사장들
고향 선배 대학 후배 찾아다니며
없는 일도 만들어내란다.

아내의 허영을 위하여
남자가 해야 할 일은
좀 더 얼굴은 두껍게
허리는 유연하게
입에는 가는 웃음을 흘리며
노후는 더욱 화려하게

이래서 세속 도시가 아름답단다.

평화의 비(碑) 소녀상

두 눈을 내리뜨고
의자에 앉아
다소곳이 생각에 잠긴 소녀.

몸도 영혼도 짓밟혀 청춘은 멍들어도
용서할 수 없는 지난날을
용서하기 위해
오늘 이렇게 앉아 바라본다.
살이 어는 추운 날씨에
그 추웠던 지난날을 되새긴다.
천 번을 넘어 수요일마다
지난날을 사죄하라
그렇게 서서 외쳤건만
대답 없는 메아리만 돌아오기에
70년 전 끌려가던 그 모습
단발머리
몽당치마 저고리 바람으로
여기 앉았다.

청춘의 몸과 영혼을 짓밟고 지나갔던 자
그날을 다시 볼 수 있도록
입 다물고 다소곳이 앉아 바라본다.
보아라, 길 건너 드나드는 너희들
죽어서도 용서할 수 없지만
그래도 용서하기 위해
이렇게 다소곳이 눈을 뜨고 앉았다.

몸은 추워도 마음은 항상 따뜻한 것.
어느 지나가는 길손들이
외롭다고 옆자리 의자 위에 꽃다발 하나 얹어주고
귀 시리다고 털모자 사서 씌워주고
감기 들까 봐 목도리 사서 감아주고
손 시렵다고 작은 이불 사서 덮어주고
발 시리다고 담요 자락 사서 덮어주니

우린 외롭지 않다.
우리와 함께하는 사람들 있어

또다시 천 번의 수요 집회가 지나가도
여기 이렇게 앉아 있을란다.

우리 따뜻한 이 마음으로
너희 병든 영혼을 다스리러 이렇게 앉았다.
상처 입은 영혼을 만져주러 이렇게 앉았다.
치욕스런 영혼을 씻어주러 이렇게 앉았다.

단발머리
몽당치마 저고리 바람으로
몸은 추워도 영혼은 따뜻한 것.
너희 썩은 영혼에 새 생명을 넣어주러
이 추운 날씨에 몸이 얼어도
다소곳이 눈을 내리뜨고
입 다물고
입 다물고 바라보고 있다.

지나간 시간에 대한 대화

문득 지나치는 시간들이 아쉽다는 생각이 드네요.
허무하기도 하고

　시간은 지나면 돌아갈 수 없지요.
　돌아볼 수는 있어도

돌아보지도 말아야 합니다.
실패의 연속으로 이어진 과거
방황도 고뇌도 아픔도
아등바등 정신없이 뛰어다니던 것도
깊은 상처만 남기던 거 같아요.
아프던걸요, 보람 없는 거 같아요.

　아픔 없는 삶이 어디 있어요.
　누구나 다 자기의 아픔을 안고 살지요.
　그리고 그만큼 세상을 너그러이 볼 줄도 알고

생채기에 소금을 뿌리면

쓰라려 파닥거리지요.

참으며 곪아 터질 때까지 방치해두기도 하지만

그 아픔도 방황도 끙끙거리며 참아온 날들도

돌아보면 인생이란 남는 게 너무 없어요.

그래도 돌아볼 수 있는 아픔이 있는 것은

아무것도 없는 것보다 행복하지요.

당신처럼 때로는 자신에 대해 잔인하기도 하지만

그것도 조금은 세상을 풍성하게 하는 것 아닐까요.

뚱딴지

못생긴 놈이다.

굵고 튼튼한 줄기에 비해

빈약한 뿌리 열매를 단 염치없는 놈이다.

울퉁불퉁 멋대로 혹 붙이고

제멋대로 살아가는

얼치기 개방주의자다.

자유주의자다.

땅 밑으로 가는 줄을 뻗어

멀리서 새로운 싹을 준비하는

제 생명의 이기주의자다.

줄기를 뽑아들고

살뜰히 캤다고

마음 놓았더니

멀리서 가는 실을 타고 생명의 열매 숨겼다가

봄이면 불쑥불쑥 다시 태어나는

끈질긴 생명력이다.

앞에서만 굽실거리다가 뒤통수 치고

다시 헤헤거리며 큰소리치는 자본주의자다.

속마음을 드러내지 않는 자본가다.

아린 맛이 싫어서

사람들이 먹지 않는 돼지감자다.

제멋대로 살아남는 뚱딴지다 뚱딴지.

그녀의 이혼 타령을 듣다가

초등학교 5학년 딸아이를 가진 어머니
돌아온 싱글
약간의 시간강사 자리로
밥 먹고 살기 힘들겠다는 걱정 아닌 걱정을 듣다가

40대의 여자
스스로 경제적 능력을 갖추지 못하면
대다수의 비정규직 일자리
이혼은 곧 빈곤 가정으로 떨어지기 십상이라는
지나가는 걱정이나 듣다가

경제적 능력이 없어 이혼하지 못한다는
타령 아닌 여자들의 타령을 듣다가

그래도 여자 팔자는 상팔자지
혀끝으로 적당히 입술에 침 바르고
적당히 낯간지러운 아첨도 바르고
적당히 끙끙거리며 앓는 소리도 바르고
사내 자식 등쳐먹고 사는 것

이런 타령 아닌 여자 타령도 듣다가

그러면 사내 자식들은
저 거리의 빌딩 숲에서
사장님 앞에서는 머리 조아리고
부장님 앞에서는 퇴짜 맞은 새로운 실적 계획서나 되받고
과장님 앞에서는 통솔력 없다고 찐빵 먹고
부하 직원 앞에서는 도저히 할 수 없는 일이라고 항의 듣고

여자들이 입술에 침 바른 아첨에는
상냥한 생기가 퍼덕이지만
그대나 또 다른 그대가 하는 아첨들에는
돈의 노예로 살아가는 쓸쓸한 사내의 등 모습이 보여서

집에서만 여자 앞에서만
술집 접대부 앞에서만 당당한 척
허세를 부리는
텅 빈 껍데기가 보여서

월드컵 축구를 보다가

프랑스나 네덜란드 같은 나라들이
축구하는 것을 보다가
백인과 흑인들이
서로 사이좋게 공을
주거니 받거니
상대팀의 수비 선수들을 압박하며
앞으로
앞으로
가는 것을 보다가

저들 나라에서는
흑인과 백인들이 서로 만나
내 것 네 것 주거니 받거니
서로 사이좋게 살 것만 같아서
인생살이가 험하고 힘들면
서로 거들어주고 손잡고 일으켜줄 것만 같아서
가진 사람들도 못 가진 사람들도

서로 어우러져 손잡아 당겨주고 밀어줄 것 같아서

세상에 그런 아름다운 일이
꼭 어딘가는 있을 것 같아서
그런 아름다운 나라가 어딘가에는
있을 것 같아서
있을 것
있을 것만 같아서

시골 선비의 마음 밭갈이

정지창

"시란 것은 인간의 심리와 사상—감정[性情]을 진실하게 읊을 따름이다. 시가 비록 정교하더라도 한갓 한담에 불과하면 실용에 아무런 도움이 없는 것이다." 조선 중기 실학파의 선구자인 이수광은『지봉유설(芝峯類說)』에서 시의 효용에 대해 이렇게 말하고 있다. 시를 실용의 관점에서 평가하는 이런 시론(詩論)은 오늘날의 미학적 척도로 선뜻 받아들이기 어려운 바가 있다. 그러나 시의 본령이 인간의 심리와 사상—감정을 진실하게 노래하는 것이라는 그의 주장에는 임진 · 정유 왜란과 광해군 시절의 험난한 풍파를 헤쳐나가면서 번잡한 성리학의 관념론이 아니라 도덕적 실천과 무실역행(務實力行)을 가르친 올곧은 선비의 기품이 느껴진다.

정대호의 다섯 번째 시집『마네킹도 옷을 갈아입는다』를 읽고 문득 이수광의 시론이 떠오른 것은 정대호가 세련된 도시형 모더니스트라기보다는 투박한 시골 선비로 내 마음속에 새겨져 있었기 때문이 아닌가 싶다. 사실 그는 시인이자 평론가로, 계간 『사람의 문학』 편집자이자 '시월문학제'의 집행위원장으로 활발한 문단 활동을 하고 있으나 여전히 청송 골짜기에서 올라온 지 며칠 안 되는 촌놈 같은 체취를 벗어던지지 못하고 있다.

이런 풍모는 그의 시에서도 드러난다.

> 늦은 가을 쌀쌀한 새벽 1시
> 퇴근하여 집으로 가는데
> 아하, 오늘은 아내의 생일
> 혹시나 하고 칠성시장에 가보았다.
> 모든 가게는 닫혀 있는데
> 노점상 하나
> 과일만 몇 무더기 놓여 있다.
> 박스를 깔고, 이불을 덮고, 자는 사람 있어
> 여보세요, 과일 좀 파세요.
> 앞니가 빠져 흐물흐물, 주름살이 쪼글쪼글
> 부스스 눈 비비는 할아버지
>
> 단잠을 깨워 죄송합니다.
>   아니시더, 하나라도 더 팔려고 있는걸요.
> 할아버지, 집에 가서 주무시지요 날씨도 찬데.
>   집에 가나 여기 자나 매 한가진걸요.
> 찬 이슬이 건강에 해로우실 텐데요.
>   한 푼이라도 더 벌어야지.

사과, 배, 감, 귤 골고루 한 무더기씩 집었다.
앞니 빠진 입술이 주름살 속에서 웃고 있었다.
배 한 개 귤 몇 개를 더 집어준다.

현관문을 열자 아내가 지 생일도 모른다고 삐쭉한다.
과일 보따리를 식탁 위로 슬며시 밀어놓았다.
집에 있는 것 또 사 왔다고 토라진다.
그 모습 위로
할아버지의 비죽이 웃고 있는 모습이 겹쳐서
내 마음은 마냥 웃고 있었다.
아내에게 사준 멋진 생일 선물 같아서
　　　　　　　　　　─「아내에게 사준 멋진 생일 선물」

　겉보기에 시인 정대호는 무뚝뚝하고 멋대가리 없는 전형적인
경상도 남자다. 그래도 아내의 생일을 뒤늦게라도 챙기려고 자
정을 넘긴 늦은 시간에 칠성시장까지 가서 과일 한 꾸러미를 사
들고 들어가는 걸 보면 속정은 깊은 남편이다. 그런데 그가 꽃
집이나 제과점, 화장품 가게가 아닌 재래시장을 찾아간 것은,
보기는 좋으나 영양가는 없는 화사하고 고운 장식품보다는 먹
어서 피가 되고 살이 되는 농산물이나 과일을 좋아하는 천성 때
문이다. 또 굳이 자는 사람을 깨워 과일을 산 것은 늦가을 추위
속에 한데 잠을 자는 노점상 할아버지에 대한 연민 때문이다.
집에 들어가서는 토라진 아내에게 당신 생일을 잊지 않고 일부
러 칠성시장까지 가서 사 온 것이라고 변명을 하든가 너스레를
떨지 않고 빙긋이 웃고 만다. 아내의 모습이 귀여워서가 아니라

힘겹게 사는 노점상의 과일을 팔아주었을 때 그가 좋아하던 모습이 떠올랐던 것. 기껏 과일 꾸러미를 생일 선물로 사 들고 들어간 자신의 주변머리를 시인 자신도 모르는 것은 아니다. "아내에게 사준 멋진 생일 선물 같아서"라는 구절에는 이런 자책과 함께 그래도 힘든 노인의 물건을 팔아준 것이 잘한 일이라는 자기 위안이 내비친다.

얼핏 보면 동시 같기도 하고 초등학교 학생의 일기장 같기도 한 이 시들은 시인의 소탈한 육성을 그대로 들려준다. 이런 화법(話法)은 나이가 들고 세월이 갈수록 점점 더 정대호의 독특한 시법(詩法)으로 굳어지는 듯하다. 이번 시집에서도 이런 화법에 담긴 그 나름의 소박하고 담백한 성찰과 깨달음이 읽는 이를 편안하게 한다. 그는 이제 대교약졸(大巧若拙)이라는 표현이 어울리는 경지로 들어서고 있는 듯하다.

그렇지만 이런 시인을 남편으로 둔 아내는 얼마나 답답할까. 모처럼 분위기 있는 음식점에서 외식을 하려고 해도 남편은 몸에 맞지 않은 옷을 입은 것처럼 불편해하고 짜증을 낸다. 그러니 옥신각신 말다툼이 벌어지고 토라진 아내는 혼자 택시를 타고 가버리고 시인은 머쓱하니 집으로 돌아온다. 맘에 들지는 않더라도 한 번쯤 아내의 취향에 맞춰주면 좋으련만 시인은 그런 융통성이 없다. 그는 그렇게 세상을 살 수밖에 없는 고지식한 샌님이다.

외식을 한다며 부부는 집을 나섰다.

시골 남자는
수더분한 집에 가서
자글거리는 바닥에 앉아
허리가 두리뭉실한 아지매가 끓여주는
얼큰하고 구수한 탕이나 먹었으면.

도시 여자는
간판이 화려한 빌딩 같은 집,
창문이 있는 칸칸 방에 앉아
하얀 가운 입은 허리가 가는 머슴아가 날라주는
차림표를 훑어보며
우아하게 요것조것 시켜보는 것.

차를 타고 식당을 찾아 순례를 하는데
시골 남자가 차를 몰아
도시 변두리
지붕이 낮고 간판이 퇴색한
흙마당 집으로 핸들을 잡으면
도시 아내는 얼굴색이 변하며
얼굴을 붉히고
아내를 무시한다고 투덜거린다.

이번에는 도시 아내가 차를 몰아
도심의 화려한 빌딩 숲
대문에서 안내원이 정중하게 허리 굽혀
운전석의 문을 열면
시골 남자는

이런 것도 남을 부려서야
괜히 미안하고 겸연쩍어
마음이 편해야 입맛도 산다고
음식 맛 안 난다고 투덜거린다.

도시 아내는 남자가 왜 그래 쫀쫀하냐며
손가방을 들고 차에서 내려 그만 택시 타고 집으로 가고
시골 남자는 먼 하늘만 보다가
차를 몰고 터덜터덜 집으로 간다.
　　　　　　　　　　　—「시골 남자와 도시 아내 이야기 2 :
　　　　　　　　　　　　　　　밥 사 먹으러 간 이야기」

　나는 이 시를 읽으며 고지식하기로는 정대호 시인과 짝을 이루기에 손색이 없는 정희성 시인을 연상했다. 두 사람은 아직도 고전적인 선비의 풍모를 지니고 있는 우리 시대의 몇 안 되는 인간문화재급 시인들이다. 유유상종인지 초록이 동색인지 모르겠지만, 정대호 시인도 정희성 시인을 좋아해서 그와 인터뷰를 하고 그의 시를 분석한 평론을 『사람의 문학』에 게재한 적이 있다. 정희성 시인은 소문난 공처가인데, 한번은 시장을 지나다가 고들빼기가 뭔지 모르는 도시 출신의 마나님에게 결혼 이후 처음으로 노발대발하며 화를 냈다고 한다. 겁도 없이. 나는 정대호 시인의 부인과 정희성 시인의 마나님이 몰래 남편들을 흉보며 구시렁거리는 소리가 들리는 것 같아 혼자서 빙긋이 웃고 말았다.

누가 듣기 좋은 말을 한답시고 저런 학 같은 시인하고 살
면 사는 게 다 시가 아니겠냐고 이 말을 듣고 속이 불편해진
마누라가 그 자리에서 내색은 못하고 집에 돌아와 혼자 구
시렁거리는데 학 좋아하네 지가 살아봤냐고 학은 무슨 학,
닭이다 닭, 닭 중에도 오골계(烏骨鷄)!

　　　　　—「시인 본색」, 정희성 시집『돌아다보면 문득』

　우리 집에서는 나 말고도 둘째 녀석이 정대호 선생의 팬이다.
녀석이 재수를 할 때 입시학원에서 정 시인한테 국어를 배운 적
이 있는데, 입시 위주로 요령 있고 재미있게 가르치는 인기 강
사는 아니었지만 깊이 있게, 열과 성을 다해 가르쳐주는 훌륭한
선생님이었다고 한다. 그래, 정 선생이 대학 4학년 때 데모를 해
서 전과자가 되는 바람에 정식 교사나 교수는 되지 못하고 학원
강사로 전전하지만, 시인과 평론가로 일가를 이룬 분이라고 알
려주었더니 녀석은 지금까지 정 선생처럼 깊이 있게 가르쳐주
신 분은 없었다고 고개를 끄덕였다.

　그런데 학원가에서는 50이 넘으면 정년이 찾아온다. 젊고 싱
싱한 강사라야 수강생들을 끌어들일 수 있기 때문이다. 생활을
책임진 가장으로서 무거운 짐을 지고 허우적거리며 고갯길을
올라온 정대호 선생도 어느새 일자리를 떠날 때가 된 모양이다.

　　축 처진 어깨로 소주 한 병 들고
　　어머니를 찾아갔더니

왜 그리 힘이 없노.
뭔 일 있지.
　아무 일도 없어요, 어머니.
말 안 해도 내 다 안다.
머슴아가 일자리 좀 잃었다고
그까짓 일로……
어깨 좀 펴고
집에 가서 니 댁한테는 그런 모습 보이지 말아라.
살다 보면 그런 일도 다 있는 거란다.

어머니는 산소에 누워
아무 일도 아니라고
정말 아무 일도 아니라고
따뜻하게 내 어깨를 감싸 안는다.

　　　　　　　　　　　　　　　— 「모성애 2」

　　3부에 실린 시들은 어머니와 아버지를 떠나보낸 자식의 애틋한 추모의 정을 담고 있지만 그 가운데서도 언뜻언뜻 나이 든 자식의 굽은 등과 반백의 머리카락이 보인다.

　　눈 내린 들판에 빈집 한 채
울도 담도 없어도
지붕에는 기와를 얹었다.
문도 하나 없어
바람은 하냥 이 방 저 방을 서성인다.
떨어지는 흙을 벽에다 쥐고

끙끙 세월에 맞선다.

저 집을 떠나면서
주인은 어제처럼 내일도 살 것같이
처마에는 장작도 재어두었다.

저 빈집에도 한때는 사람이 살았지
저 빈 공간에도 한때는 사람이 살았지
저 빈 마음에도 한때는 사람이 살았지
저 빈 가슴에도 한때는 사랑이 살았지
저 빈 감나무에도 아내와 어린 자식들 주렁주렁 열렸지

저 빈집에는 사람이 모두 떠났지
저 빈 공간에는 사람이 모두 떠났지
저 빈 마음에는 사람이 모두 떠났지
저 빈 가슴에는 사랑이 모두 떠났지

눈 내린 들판에
하얀 눈을 머리에 쓰고
텅 빈 한 늙은 사내가 집이 되어 서 있다.

— 「빈집」

정대호 시인은 평소 별로 말이 없지만 막걸리 한 잔을 걸치
면 시골 사랑방에 온 과객처럼 이런저런 얘기들을 구수하게 풀
어놓는다. 나는 그의 얘기를 재미있게 경청하는 편인데, 화제는
주로 텃밭 농사짓는 얘기에서 시작하여 청송, 영양, 안동 일대

경상도 북동부의 숨겨진 근현대사의 일화들로 이어진다. 능수
능란한 이야기꾼과는 거리가 먼 그는 가끔 이야기의 본줄거리
를 벗어나기도 하고 이야기의 맥락을 건너뛰기도 하면서 어눌
한 말투로 열에 들떠 얘기에 몰두한다. 우리는 이따금씩 되묻기
도 하고 맞장구도 치면서 낙동강 칠백 리처럼 굽이굽이 이어지
는 이야기의 흐름에 몸을 맡긴다.

한잔 술에
여기까지 왔구나,
휘청거리며 걷다 보니
해는 지고 어둠이 깔리는 강가.

강물은 어둠으로 깊어간다.
강바닥에 쌓이는 흙 앙금도
돌에 묻은 푸른 이끼도
물로 감춘 물풀들도.

강둑에는
하얀 꽃, 노란 꽃, 빨간 꽃
푸른 잎
모든 것들은 그 윤곽만 남고
어둠으로 묻힌다.

이제까지 살아온
내 마음속 입혀온
하얀 꽃, 노란 꽃, 빨간 꽃

153

항시 푸를 것으로만 보았던 무성한 숲들도

새벽의 먼동으로 왔으니
해 다 진 어둠 속에서는

이제 떠나보내야 한다.
흐릿하게 검은 흔적만 남기고

—「저문 강가에서」

「저문 강가에서」는 시인의 반생이 쓸쓸하고 아름답게 녹아 있
는 명편이다. 정서적 과장이나 제스처가 없는, 담담한 독백이지
만 깊은 뒷맛과 울림을 담고 있다. 여기서 생각나는 정희성 시
인의 「저문 강에 삽을 씻고」는 나도 좋아하는 1970년대 민중시
의 걸작인데, 삽을 씻는 시적 화자를 노동자라고 보는 많은 평
론가들의 해석에 나는 동의할 수 없다. 하루 일을 끝내고 강가
에서 삽을 씻는 사람은 농민이지 노동자가 아니다. 막노동을 하
는 노동자가 한강 하류 샛강에서 삽을 씻지는 않는다. 이른바
'노동문학의 시대'를 강조하다 보니 이런 억지 해석이 나오고,
김남주의 「편지」 같은 몇몇 시편들도 농민시가 아니라 노동시나
옥중시로 분류되고 있다. 나는 정대호 시인과 만나면 이런 식의
얘기를 즐겨 하는 편이다. 가령 "낮에는 밭에 나가 길쌈을 매고
밤이면 사랑방에 새끼 꼬면서……" 같은 유행가 가사는 농사 지
어보지 않은 도시 사람이 책상머리에서 만든 것이 틀림없다, '길
쌈'은 명주나 모시, 무명 등의 피륙을 짜내는 일을 가리키고, 밭

의 잡초를 제거하는 일은 '지심'을 맨다고 해야 옳다고 우리는 열을 올리며 떠들어대는 것이다.

　정대호 시인의 아버님은 시조시인 정재익 선생(1930~2014) 이다. 지난 2013년 6월 1일 고향인 청송읍 약수공원에서 열린 정재익 선생의 시비 제막식은 대구작가회의 회원들뿐만 아니라 문인협회와 시조시인협회 회원들이 다 함께 참석한 성대한 축하 잔치였다. 선생의 대표작「겨울 바다」를 한글 서예의 대가인 김양동 선생의 글씨로 새긴 시비는 내가 지금까지 본 것 가운데 가장 품위 있고 멋진 시비였다. 그리고 정대호 시인은 건강이 좋지 않은 아버님을 위해 형제들과 함께 있는 정성을 다해 이 행사를 준비했고 참석한 손님들을 따뜻하게 대접하는 양반가의 접빈객 예절을 보여주었다. 1년 후 정재익 선생이 돌아가셨을 때 우리는 아버님이 복이 많아 생전에 시비 제막식도 보고 가셨다고 정대호 시인을 위로했다.

　2012년 1월 초순, 제주도 강정마을의 해군기지 건설에 반대하는 한국작가회의의 '1번 국도를 걷다'는 프로그램에 따라 대구작가회의 회원 몇 명이 전북의 만경들 일부 구간을 전북 작가들과 같이 걸은 적이 있다. 당시 대구작가회의 대표였던 정대호 시인을 비롯한 우리 일행은 온갖 얘기를 나누며 친숙해졌는데, 나중에 보니 정대호, 고희림, 이철산, 조선남 등 1번 국도를 같이 걸었던 이들이 '10월문학회'의 핵심 회원들이 되어 있었다. 이제는 경북·대구 작가회의의 공식 행사로 매년 치러지고 있는 10월문학제에서 정대호 시인은 집행위원장으로 든든한 버팀

목 역할을 하고 있다. 이번 시집에 그의 10월항쟁 관련 시편들이 빠져 있는 것이 아쉬운데, 아마 다음번 시집으로 묶을 생각인 듯하다.

이 시집에 수록된 「고추를 따는데」, 「겨울 배추」, 「채소밭에서」, 「내가 그렇게 동정받을 사람은 아닌데」 등은 모두 텃밭을 열심히 가꾸는 농사꾼의 일기다. 단순한 농사 일기처럼 보이지만 사실은 세상살이에서 문득 얻어지는 깨달음이나 해학을 담고 있어 곰곰 되씹어 읽을 만하다.

「마네킹도 옷을 갈아입는다」와 「똥딴지」는 4부의 시사 비평적인 시편들 가운데 가장 눈에 띄는 작품들이다.

건넛집 옷가게를 바라보고 있으면
계절을 먼저 알고 마네킹도 옷을 갈아입는다.
이른 봄날 새 옷을 입어 참 좋을 것 같은데
기침을 자주 하는 내가 보기에
철 이른 때다.
옷이 너무 얇아 감기 들 것 같은데
가게 주인은 거침이 없다.
옷을 훌훌 벗긴다.
그것도 성이 차지 않으면
목을 뽑고
팔을 뽑는다.
그러고도 제 성질을 참을 수 없는지
뽑은 머리 던지고
팔을 던진다.

언제나 같은 몸짓
같은 표정으로 서 있는
마네킹도 옷을 갈아입는다.
도회의 빌딩 숲을 걸으면
창문마다
높은 의자를 굴리며
넥타이를 손질하는 근엄한 아저씨들이
제각기 마네킹이 되어 의식의 옷을 갈아입는다.
창밖에서 보면
언제나 같은 표정 같은 몸짓으로 서 있는 것 같은데
사무실의 마네킹들이 옷을 갈아입는다.

철 이른 것 같은데
생존 방식이 이뿐이라
근엄하게 의식의 옷을 갈아입는다.
진흙탕 싸움을 준비하며 근엄하게 갈아입는다.
새 옷을 입어 좋을 것 같은데
목도 뽑히고
팔도 뽑힌다.
주인 마음에 들지 않으면 몸통도 꺾이고
다리도 꺾인다.

— 「마네킹도 옷을 갈아입는다」

여기서 시인이 묘사하고 있는 것은 도시의 사무실에서 무한
경쟁과 세계화 바람 속에 속수무책으로 노출되어 있는 화이트
칼라 노동자들이다. 이들은 겉보기엔 깔끔한 정장에 넥타이를

메고 근엄한 표정을 짓고 있지만 마네킹처럼 시시각각 새 옷으로 갈아입고 "진흙탕 싸움"에 나서야 한다. 그러다가 주인인 자본가의 마음에 들지 않으면 가차없이 "목도 뽑히고 팔도 뽑히"고 "몸통도 꺾이고 다리도 꺾인다." 조각가 구본주가 형상화한, 눈칫밥으로 평생을 보낸 대머리 직장인, 눈알이 뱅뱅 돌고 혀가 한 자나 나온 사내, 바람에 날려가지 않으려 이를 앙다문 남자의 모습이 연상된다.

「뚱딴지」는 그가 텃밭 농사를 지으며 터득한 통찰과 선비적 비판 의식으로 벼려진 세태 풍자이자 자신을 향한 준엄한 채찍이다. 돼지감자로도 불리며, 요즘은 건강식품으로 각광을 받고 있는 뚱딴지가 시인의 눈에는 얼치기 개방주의자, 자유주의자, 끈질긴 생명력으로 변신과 무한 증식을 계속하는 자본가의 모습으로 비친다. 그러나 이상한 것은 이런 분노와 비판의 화살은 결국 자기 자신에게로 돌아온다는 점이다. "못생긴 놈, 굵고 튼튼한 줄기에 비해 빈약한 뿌리 열매를 단 염치없는 놈"은 바로 나 자신의 모습이 아닌가. 우리가 그토록 싫어하고 욕하는 온갖 세속적 욕망은 결국 나의 몸과 마음을 구성하고 있는 생존의 본능, 이른바 생명력이 아닌가. 타자와 세상을 향한 날카로운 비판이 자신에게로 향하게 될 때, 진정한 각성과 지혜의 눈은 열린다.

못생긴 놈이다.
굵고 튼튼한 줄기에 비해

빈약한 뿌리 열매를 단 염치없는 놈이다.

울퉁불퉁 멋대로 혹 붙이고

제멋대로 살아가는

얼치기 개방주의자다.

자유주의자다.

땅 밑으로 가는 줄을 뻗어

멀리서 새로운 싹을 준비하는

제 생명의 이기주의자다.

줄기를 뽑아들고

살뜰히 캤다고

마음 놓았더니

멀리서 가는 실을 타고 생명의 열매 숨겼다가

봄이면 불쑥불쑥 다시 태어나는

끈질긴 생명력이다.

앞에서만 굽실거리다가 뒤통수 치고

다시 헤헤거리며 큰소리치는 자본주의자다.

속마음을 드러내지 않는 자본가다.

아린 맛이 싫어서

사람들이 먹지 않는 돼지감자다.

제멋대로 살아남는 뚱딴지다 뚱딴지.

鄭柱東 | 문학평론가 · 전 영남대 교수